GERMAINE ALBERT-BIROT

Se trouve chez l'auteur,
à Paris
37 rue de la Tombe-Issoire.

Px. 1,50

LETTRES D'ENFANTS

—1re. SÉRIE—

PENDANT LA GUERRE

SIX POÉSIES

&

treize gravures sur bois

de

GERMAINE ALBERT-BIROT

1915

*Il a été tiré de cet ouvrage
7 exemplaires numérotés à la presse:*

1 *et* 2 Tochi de Formose
3 4 5 Japon Shizuoka
6 Hollande Van Gelder
7 Arches à la cuve

N°

BAMBINS JOUFFLUS, FRÊLES POUPÉES,
BÉBÉS DE NOTRE FRANCE, OYEZ CE QUE J'ÉCRIS,
AFIN QU'EN VOS JEUX ET VOS RIS
RETENTISSE UN ÉCHO DES GRANDES ÉPOPÉES.

SIMONE A PAPA

Petit Papa je veux t'écrire,
Pour te souhaiter bon Noël.
Et puis aussi je viens te dire
Que tout est bien à Vieux-Castel.

Maurice et Jean sont à l'école;
Denise a les doigts dans son nez,
Et Ferdinand tout le jour colle
Les timbres que tu m'as donnés.

III

J'ai fait mercredi la lessive,
Et mis hier le pot au feu;
Mais la flamme était excessive...
Le boulli chauffait bien un peu!

J'ai fait à fond tout le ménage,
Et puis j'ai reprisé des bas
Je suis très forte pour mon âge,
Cela ne me fatigue pas.

Il faut, papa, que je te laisse
Pour aller chercher les garçons,
Voici déjà que le jour baisse,
Il fait tout noir dans les maisons!

IV

Tu reviendras bientôt, j'espère,
Capitaine ou bien colonel!
Mais avant tout mon petit père
Qu'on aime d'amour éternel.

Et vers toi chacun de nous lance
Le cri d'espoir du Tout-Petit,
Qui dans le vieux pays de France
Français ou Belge, retentit:

«Repoussez de chez nous bien vite
L'ogre méchant qui nous fait peur!»
Mon petit papa, je t'invite
A revenir ici vainqueur.

Décembre 1914

BÉBÉ AU BON DIEU

Monsieur Bon Dieu, je vous écris
Pour vous dire que mon grand frère
Est tout là-bas avec tit-père;
Il faut écouter bien mes cris.

Que nul sabre malencontreux
Ne les atteigne, ne les blesse!
Sans relâche, veillez sans cesse!
Petit Jésus, priez pour eux.

Je n'ai que dix sous pour tout bien:
Je les enferme dans ma lettre,
Afin que vous puissiez les mettre
A payer leur ange gardien.

Paris 8 Février 1915.

YVETTE A PAPA

Je sais à peine, mon papa,
Tracer ces signes minuscules,
Mais tu le sais bien, n'est-ce pas?
Tu les verras pas ridicules!

IX

Les grands me font pleurer souvent,
Michel a cassé ma poupée.
Il a dit que c'était le vent!
Mais moi, j'ai caché son épée.

Ils vont se promener sans moi,
Disant qu'Yvette est trop petite.
Pourtant tu m'emmenais bien, toi.
Jusqu'à la grande clématite!

X

Papa je vais faire dodo,
Mais pour crier notre espérance,
Je vais réciter mon Credo,
Comme tous les Bébés de France!

Décembre 1914

XII

ROBERT A PAPA

Je n'ai pas écrit encore,
Papa tu sais bien pourquoi,
C'est cette horrible pécore
Qui nous impose sa loi.

Ell' ne veut pas donner d'encre,
Ell' prétend qu'ça met du noir!
Pourtant je n'suis pas un cancre
Et voudrais bien te l'fair' voir.

XIII

Alors comm' je n'ai pas d'plume
Je vais t'écrire a u crayon,
Ça va fair' bisquer Pamplume
Et l'rendra plus grognon!

A r sa' la band' se chamaille
Tout le jour et tout' la nuit;
L'insupportable marmaille,
Papa, qui fait tout ce brait!

Alors, moi, j'prends ma trompette,
Et je tap' sur mon tambour.....
Ah! ce qui n'vaut pas tripette!
Je deviens complét'ment sourd!

De sonner un' charge folle
Ça me donn' l'illusion
D' charger la boch' farandole
Et ses r'tranch'ments en fusion!

Parmi ceux qui vont combattre
Pourquoi qu' les p'tits n' sont pas r'çus?
Ah! comm' les grands aller m' battre...
J' voudrais bien leur taper d'ssus.

Heureus'ment quell' tripotée
Ils doiv' prendre avec Hubert!
Révérence répétée
De ton trop petit Robert.

Décembre 1914

JACQUOT A PAPA

Grand-Père m'a donné mon cheval à bascule.
Un cheval au galop ! Il avance, il recule.
Papa, vite, viens voir ! Surtout rapporte ici
Ton képi, ta trompette et ton grand sabre aussi,
Et puis de gros obus et des choux à la crême.
Papa tous ou t'embrasse et ton Jacquot il t'aime.

30 Juin 1915

XVIII

RIRI AU GÉNÉRAL JOFFRE

Général, j'ai huit ans et je veux m'engager.
Mon père est sur le front, maman pleure sans cesse,
—Quand je pense aux prussiens, ce que je peux rager—
Elle dit bien «C'est beau!» mais moi que je la laisse!
Alors, si vous voulez signer l'engagement,
(J'emporte mon épée et des sous dans ma poche)
Je le lui ferai voir avec ménagement...
Elle m'aime beaucoup, mais déteste le boche;
Elle est brave, elle est fière, et puis n'osera pas
—Ce que je vais chasser l'infâme barbe rousse!—

Vous refuser à vous! Donc à bientôt, là-bas;
Je suis très grand, très fort et n'ai jamais la frousse.
Riri.
    —Vous pourrez me prendre à l'Etat-Major,
On aime ça chez nous et puis c'est tout en or!

*Achevé d'imprimer par nous
le 22 Septembre 1915*

Imp. RIBECHOWSKI Paris